LES PETITS TOLTÈQUES

La victoire d'Itzel

Une série d'Aurore Aimelet,
illustrée par Caroline Attia.

W0280594

Hatier jeunesse

PACHUCA

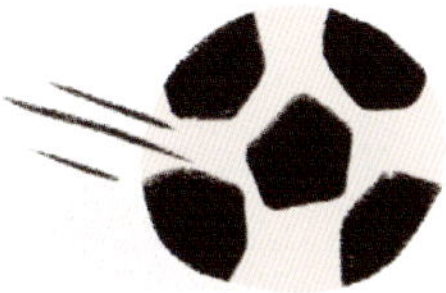

Chapitre 1
La compétition

Sur la place du village de La Estanzuela et sous un soleil de plomb, Itzel, Diego et Ruben attendent fiévreusement le départ du car. Aujourd'hui, leur petite équipe de foot part affronter celle de la grande ville d'à côté, Pachuca. Sebastián, leur professeur, qui est aussi leur entraîneur, est surexcité par cette rencontre qu'ils préparent ensemble depuis des mois.

– On est d'accord, récapitule Diego qui organise toujours tout avec son esprit logique, Lupita, qui n'est pas arrivée évidemment, sera avec moi en défense. Ruben, bon, comme d'habitude, toi, tu fonces et tu marques des buts. Itzel, c'est toi la meilleure, donc tu restes au milieu et tu mènes le jeu.

– Super ! répond Ruben en avalant bruyamment des goyaves.

– C'est parfait, Diego, confirme Itzel, allongée sur la banquette. On va y arriver, on est les plus forts.

Itzel adore le foot. Un jour, peut-être, elle deviendra professionnelle, et la foule l'acclamera au stade Azteca de Mexico. Itzel, c'est la gentille, celle qui a le cœur sur la main. Mais sur le terrain, elle change complètement. Ça lui a valu des moqueries, bien sûr.

Mais Maya, la doyenne du village, la chamane aux yeux toujours plissés, dit qu'on n'est pas obligé d'être tout le temps la même personne. On peut être en colère puis triste, gentil puis téméraire, curieux puis flemmard. On peut être plein de choses différentes au cours d'une journée. Alors, au cours d'une vie...

D'ailleurs, il n'y a pas qu'Itzel qui change pendant un match. Ruben, lui, il râle, il se moque, mais quand quelqu'un a de la peine, il est très embêté. Comme Diego, qui est toujours sérieux avec ses livres de sciences, mais qui n'hésite pas à chanter comme un mariachi à chaque but ! Et puis, Lupita qui a toujours mille idées pour n'en faire qu'à sa tête mais qui a besoin de dormir beaucoup pour récupérer et ordonner toutes ses pensées. D'ailleurs, elle est encore en retard. Elle a dû oublier de mettre son réveil...

Ah ! La voilà qui arrive enfin.
Le car va maintenant pouvoir partir.

– En route pour la victoire de La Estanzuela, s'écrie Itzel avec une voix qui a du mal à sortir et qui la surprend elle-même.

Chapitre 2
La fièvre

Pendant le trajet, Itzel sent monter la pression. Elle a mal au ventre et ses jambes sont flagadas. Elle se retourne vers les garçons pour chiper une goyave à Ruben, parce que ce matin, elle n'a rien pu avaler… Cette compétition est importante, elle s'est entraînée si dur.

« Je dois avoir peur de ne pas y arriver, du coup, ça me retourne l'estomac et ça me coupe les jambes. Même ma voix déraille » se dit-elle pour elle-même. Car il est hors de question qu'elle avoue quoi que ce soit à ses amis !

Itzel ferme les yeux pour essayer de se calmer. Lupita, enfin assise à côté d'elle sans pourtant arrêter de bouger dans tous les sens, voit bien que quelque chose cloche. Mais elle décide de ne pas l'embêter : elle non plus n'aime pas trop quand on se mêle de ses affaires.

Alors Lupita écoute Maya en grande conversation avec Sebastián à l'avant du car.

– Ils sont prêts, dit la chamane. Ne t'inquiète pas comme ça, profite de cette belle journée et de cet événement...

– Mais si on échoue, ils vont être si tristes, rétorque l'instituteur.

– On ne peut pas être triste quand on donne le meilleur de soi. Aurais-tu oublié la philosophie de tes ancêtres [illegible]ques, Sebastián ?

C'est vrai que les Toltèques disent qu'il faut toujours faire de son mieux. Mais pour Sebastián, faire de son mieux, c'est être le meilleur. Il n'a rien compris ! Pour l'instant, Maya sait que ce n'est pas la peine de lui expliquer, il est trop agité. Enfin, le car se gare dans le stade de Pachuca.

Dans les vestiaires, Itzel ne se sent pas en forme. Elle a beau essayer de se détendre, elle n'y arrive pas. Lupita touche son front.

– Tu as peut-être de la température, Itzel...

– Ne dis rien à Sebastián, et encore moins à Maya. Ils ne vont pas vouloir que je joue. Ça va aller, Lupita, je vais prendre sur moi. L'équipe a besoin de moi...

– Oui, je sais, mais… bafouille Lupita, tiraillée entre le respect qu'elle a pour son amie et le souci qu'elle se fait pour elle.

En entrant sur le terrain, Itzel se répète :

– Je ne dois rien lâcher, ce n'est pas le moment

de baisser les bras. C’est moi la plus forte et je vais le prouver !

En entendant les murmures de son amie, Lupita lui tient la main pour lui donner toute son énergie.

Chapitre 3
Le but

Chacun à leur place, le coup de sifflet retentit et les enfants se lancent à cœur perdu dans la bataille. L'équipe de Pachuca est décidément très douée mais La Estanzuela résiste. Même Itzel, qui sent pourtant son front suer à grosses gouttes.

Tout à coup, avant la mi-temps, Itzel réussit à intercepter le ballon. N'écoutant que sa petite voix intérieure, elle court vers Ruben qu'elle voit placé juste devant les buts. « Je peux le faire, je vais y arriver… » On dirait qu'elle vole sur le terrain, et puis, comme si elle dansait avec le ballon, elle l'envoie dans les airs, Ruben le réceptionne et…

– Buuuuuuuuuut ! hurle Sebastián depuis les gradins avant de se mettre à courir vers ses joueurs. Bravo Itzel, Ruben tu as été super. Vous êtes les meilleurs, vous êtes des champions !

Maya aussi est contente. Seulement, elle voit Itzel accroupie par terre pendant que tout le monde saute de joie… Elle profite de l'arrêt de jeu pour avancer sur le terrain.
– Ça ne va pas, ma jolie ? On dirait que tu ne te sens pas bien… Tiens, bois un peu d'eau.
– Oui, non, ça va, Maya. C'est juste que ça m'a fatigué de courir comme ça, dit Itzel en respirant difficilement.

– Elle ne te dit pas toute la vérité, intervient Lupita qui les a rejointes, inquiète. Elle a mal aux jambes depuis ce matin et son front est chaud…

– Je vois, reprend Maya. Quel courage, tu as eu, Itzel. Et c'est bien. Mais je crois que l'énergie qu'il te restait est partie dans cette dernière prouesse.

Sentant arriver la décision de la chamane, Itzel panique. Son front se couvre encore plus de sueur, et sa petite voix intérieure lui dit : « Non, non, tu ne peux pas être malade, pas aujourd'hui ! Il te faut cette victoire ! » Alors, elle essaie de s'expliquer :

– Laisse-moi jouer, Maya. C'est ma passion, le foot, c'est mon rêve. Et je veux gagner ! Ou plutôt je veux faire gagner mes amis, Sebastián, le village... C'est ma victoire, tu comprends ?

– Très bien, ma petite. Je ne dis rien à Sebastián jusqu'à la deuxième mi-temps. Mais ensuite, nous aurons une petite conversation tous ensemble, tu veux bien ?

Le dernier quart d'heure est difficile mais Itzel s'accroche. Diego, Ruben et Lupita font tout ce qu'ils peuvent pour, non pas gagner le match, mais pour que leur amie se fatigue le moins possible…

Chapitre 4

La sagesse

Ouf ! L'arbitre sonne la mi-temps et les enfants rejoignent les vestiaires. Sebastián se précipite à leur suite, mais Maya, qui n'a pas dit son dernier mot, lui emboîte le pas. L'instituteur s'exclame :

– Je vais les secouer, mes champions !

– Sebastián, l'interpelle Maya, mon petit, car tu es aussi un petit pour moi. Avant de leur parler, rappelle-toi que, pour les Toltèques, il faut « faire de son mieux », que tu sois un enfant ou un adulte. Mais il faut le faire en écoutant comment tu te sens. Il faut faire ce que tu es capable de faire, au mieux de tes possibilités.

– Je sais, Maya… Je veux juste qu'ils gagnent et qu'ils soient heureux.

– Évidemment. Mais toi, quand tu es malade, tu ne peux pas courir comme tu le fais le matin au village. Et quand tu es de mauvaise humeur, ce n'est probablement pas le bon moment pour expliquer une leçon compliquée à tes élèves, comprends-tu ?

Dès qu'elle fait son entrée, Maya rejoint la petite troupe tout occupée à prendre soin d'Itzel : Diego a mis une serviette mouillée sur ses tempes et Ruben lui masse les jambes. Lupita, elle, explique la situation à Sebastián

qui n'avait rien remarqué, obnubilé par sa victoire. La chamane plisse alors ses yeux avant de s'adresser à l'équipe de foot :

– Tout le monde aimerait être tout le temps grand, beau, fort et intelligent…

Eh oui ! On veut être un petit garçon parfait ou une petite fille idéale, irréprochable. Mais ce n'est pas possible parce qu'on est humain. Et les êtres humains sont tous, absolument tous fragiles. Parfois, ils ratent quelque chose ou alors ils font une bêtise. Et c'est très bien comme ça. On ne peut pas être formidable tout le temps pour tout. On change à chaque instant... « Faire de son mieux », c'est d'abord écouter comment on va.

– Mais alors, je ne vais plus faire partie de l'équipe pour ce match, dit Itzel, très déçue.
– Bien sûr que si ! répondent ses amis, en chœur.
– D'abord, c'est grâce à toi qu'on a marqué le premier but, rappelle Ruben.

– Maintenant, pour que l'équipe ait une chance de gagner, il faut que tu te reposes, reprend Diego. Alors, je te donne ma place pour nous guider pendant le match. Et, toi, tu me donnes tout ton courage de meneuse de jeu. Et on fait chacun de notre mieux, d'accord ?

« C'est vrai que je verrai bien de loin, et je pourrai quand même les aider », imagine Itzel pour se réconforter.

– On ne peut pas gagner sans toi, conclut Lupita. Tiens, prends ce porte-voix. Comme ça, ta voix s'envolera jusqu'à nous sur le terrain.

Confortablement installée entre Maya et Sebastián, Itzel suit la fin du match depuis les gradins. Avant d'encourager La Estanzuela, elle se parle une dernière fois à elle-même : « La plus belle des victoires, c'est d'avoir les meilleurs amis. »

Surtout quand ils finissent par gagner 1-0…

D'où vient la sagesse des Petits Toltèques ?

Il y a un millier d'années, vivait au nord de l'Amérique du Sud, à peu près sur les terres du Mexique actuel, un peuple guerrier et pourtant très sage : les **Toltèques**.

Ils avaient remarqué que l'être humain est souvent traversé par des émotions et des pensées changeantes et compliquées. Difficile de vivre tous ensemble, avec les émotions et les pensées changeantes et compliquées de tout le monde ! Souvent, ça crée des malentendus et parfois même, des disputes.

Alors, les Toltèques inventèrent quatre **règles de vie**, simples mais efficaces, permettant à chacun de vivre en paix avec lui-même et avec son entourage. Plus tard, leurs descendants, les Aztèques, ont continué de transmettre cette sagesse. Depuis, tout le monde peut décider de vivre selon ce code de conduite, qui fait beaucoup de bien à soi et à ceux qu'on aime.

Tu peux choisir de devenir toi aussi un(e) sage guerrier(e) ! Avec cette nouvelle aventure, tu as découvert le quatrième principe des Toltèques :

Fais toujours de ton mieux.

Pour les Toltèques, il faut « toujours faire de son mieux », c'est-à-dire donner le meilleur de soi-même mais... ni plus, ni moins. Si tu en fais trop, tu risques de perdre ton énergie. Mais si tu en fais moins, alors tu pourrais avoir des regrets. C'est un équilibre que tu dois trouver. Fais simplement ce que tu peux faire, en fonction de ce que tu veux faire bien sûr, mais aussi en fonction des circonstances, de ce que tu penses, de ce que tu ressens. Ton « mieux » change tout le temps ! Apprends à t'écouter et tu sauras jusqu'où aller.

Mon quiz

As-tu bien lu l'histoire ?

1 Que mangent les enfants dans le car ?

A. Des bananes.
B. Des goyaves.
C. Des ananas.

2 Comment réagit Itzel lorsqu'elle ne se sent pas très en forme ?

A. Elle se parle à elle-même pour s'encourager.
B. Elle va dire à Sebastián qu'elle veut abandonner.
C. Elle propose à ses amis d'en discuter.

3 Qui marque le premier but de la partie ?

A. Lupita.
B. Diego.
C. Ruben.

4 Que décident Maya et Sebastián à la deuxième mi-temps ?

A. Ils disent à Itzel de faire un effort.
B. Ils préfèrent qu'elle reste près d'eux pour se reposer.
C. Ils lui demandent de remplacer le gardien de but.

Réponses : 1. B ; 2. A ; 3. C ; 4. B.

Mon activité

Vérifie **ta météo intérieure** !
C'est un petit jeu tout simple qui ne demande que quelques minutes au saut du lit !

COMMENT FAIRE ?

Il y a des jours où tout va bien, tu es en super forme. Et il y a des jours où tu n'as pas vraiment le moral, tu ne sais pas quoi faire, tu te sens fatigué(e).

Chaque matin, prends l'habitude de vérifier ta météo intérieure. Comme lorsque tu demandes à tes parents quel temps il fait avant de choisir tes vêtements. S'il pleut, tu mets des bottes, non ? Eh bien, si tu te sens fragile, il faudra être plus doux avec toi aujourd'hui. Tu peux accrocher un calendrier dans ta chambre et dessiner un petit nuage ou un grand soleil avant de commencer ta journée.

Suivi éditorial : Maya Saenz-Arnaud
Création graphique et mise en pages : Graphicat
© Hatier, 2021, Paris
ISBN : 978-2-401-07384-5
ISSN : 2497-0166
Tous droits de reproduction et d'adaptation réservés pour tous pays. Loi n° 49-956 du 16 juillet 1949 sur les publications destinées à la jeunesse.

IMPRIM'VERT
Votre imprimeur agit pour l'environnement

PAPIER À BASE DE FIBRES CERTIFIÉES

Hatier s'engage pour l'environnement en réduisant l'empreinte carbone de ses livres. Celle de cet exemplaire est de :
250 g éq. CO_2
Rendez-vous sur www.hatier-durable.fr

Achevé d'imprimer en France par Clerc à Saint-Amand Montrond
Dépôt légal : 07384-5/02 - août 2021